Thomas Trier
Jakobs Traum

Umschlagbild:
Käthe Kollwitz "Solidarität"
(Ausschnitt) 1931/32

ISBN 3-8311-2403-5
© Thomas Trier, Bergisch Glad-
bach, 2001

Herstellung: Books on Demand
GmbH, Norderstedt

<u>Über dieses Buch:</u>

Jakob ist ein ganz normaler Mensch zu Beginn des dritten christlichen Jahrtausends. Er erlebt viele Dinge, die auch für andere Menschen typisch sind, seine Erfahrungen werden dadurch gleichnishaft. Einen Schuss Humor hat Jakob wohl auch, das hilft ihm, einige Erlebnisse besser zu ertragen. Manchmal muss er allerdings feststellen, dass seine Sprache längst nicht alles so deutlich beschreibt, wie er es gerne ausdrücken möchte.

Zu meiner Person:

Geboren am 17.04.1957, verheiratet mit Inge Trier, zwei Töchter. Magisterstudium (Germanistik, Philosophie und Pädagogik) und Buchhändlerlehre abgeschlossen, seit Ende 1988 einer der beiden Inhaber des "Poppelsdorfer Bücherladens" in Bonn.

DER SCHMETTERLING

Ich, Tschuang-Tschou, träumte einst, ich sei ein Schmetterling, ein hin und her flatternder Schmetterling, ohne Sorge und Wunsch, meines Menschenwesens unbewusst. Plötzlich erwachte ich; und da lag ich: wieder "ich selbst".

Nun weiß ich nicht: war ich da ein Mensch, der träumt, er sei ein Schmetterling, oder bin ich jetzt ein Schmetterling, der träumt, er sei ein Mensch? Zwischen Mensch und Schmetterling ist eine Schranke. Der Übergang ist Wandlung genannt.

Übersetzt von Martin Buber,
in Reden und Gleichnisse des Tschuang-Tse, Manesse Verlag, Zürich 1951

Für Inge

Jakobs Jugend

Mitten im alten Jahrhundert wurde Jakob geboren. Als das neue Jahrhundert und damit das neue Jahrtausend anbrach, glaubte er, längst erwachsen zu sein. Aber ein kleiner Teil von ihm hat immer das Gefühl, nie erwachsen zu werden, soviel Jahre er auch zählen mag. Jakob war und ist ein Schelm.

***

Natürlich kennt Jakob die Geschichte von seinem biblischen Namensvetter, der seinem Vater den biblischen Segen abgeluchst hat, in- und auswendig. Er hat auch einen älteren Bruder. Sein älterer Bruder ist Alkoholiker.

***

Jakob hatte eine ganz normale Jugend. Vielleicht besaß er doch einen kleinen charakterlichen Fehler: er konnte und wollte nicht lügen. Ein Freund von ihm sagte einmal: "Wenn man Jakob fragt, bekommt man immer eine ehrliche Antwort. Wenn Jakob etwas nicht verraten will, dann schweigt er."
Jakob war also sehr verbindlich. Mit allen Vor- und Nachteilen dieser Eigenschaft.

***

Jakob erklärt: Als kleiner Junge träumte ich manchmal, dass ich fliegen könnte. Ich flog nachts durch das Treppenhaus meiner Großeltern und danach über die Dächer der Stadt. Manchmal waren sie auch hinter mir her, dann musste ich mich beeilen, um schnell wegzukommen.

***

Jakob erinnert sich an seine Zeit als Messdiener. Später hat er eine katholische Jugendgruppe geleitet. Mit einundzwanzig Jahren ist er aus der Kirche ausgetreten.

***

Jakob hat als Kind einmal einen Aufsatz geschrieben, der sich um Angst handelte. Es ging um sein Zubettgehen, allein, vor seinem Bruder; eine halbe Stunde Angst, die von dem nachbarlichen Herunterkrachen der Rollläden begleitet wurde.
Auch nach dem Abitur hat er über seine Ängste geschrieben. Im Nachtdienst schrieb er den Text "ich sitze hier und warte auf den Bären der Angst." Er hatte damals manchmal den Eindruck, dass Angst das intensivste Gefühl in seinem Leben sei.

Später haben die Ängste nachgelassen. Aber er weiß noch heute um das unangenehme Gefühl.

***

Jakob erinnert sich daran, dass in den Jahren seiner Pubertät sein schlimmster Zustand der der Langeweile war. Heutzutage hat er keine Langeweile mehr, weil er mit tausend kleinen Ösen von seiner Außenwelt festgehalten wird.

***

Jakob schreibt sich seine schlechte Laune von der Seele:

Die Prophezeiung

Düster wurde es in ganz Europa und kalt. Nach kurzer Zeit begannen die Menschen zu frieren, trotz ihrer Mäntel, ihrer Häuser mit Zentralheizungen und

Klimaanlagen. Die letzten Energievorräte waren bald aufgebraucht. Schließlich schlugen sie sich gegenseitig tot für ein bisschen Wärme und Licht. Dann explodierten die Alpen! Sie flogen wie ein weicher Käse, auf den man mit der geballten Faust einschlägt, auseinander und hinterließen in der Erde einen gewaltigen Riss. Der Gesteinsregen zog sich hin bis nach Südschweden und erschlug alles, was sich auf offenem Gelände bewegte. Häuser stürzten ein, Fabriken brannten lichterloh, sämtliche Verkehrswege waren vollkommen zerstört oder lahmgelegt. Das war die Stunde der Ameisen und Kakerlaken...

***

Nach der Schule hat Jakob seinen Zivildienst geleistet. Er ist auch heute noch der Meinung, dass dies eine der wichtigsten Entscheidungen in seinem Leben war.

Jakob ist froh, dass er nicht mehr unter dreißig ist. Früher wollte er immer älter werden, jetzt ist er es.

***

Es ist schon merkwürdig, meint Jakob, da wächst man behütet auf (und kennt wie ein indischer Siddharta nicht die Sorgen und Leiden der Welt) und dann, wenn man so langsam erwachsen wird, geht einem als erstes der Glauben verloren, dann das Vertrauen in andere und schließlich glaubst du nur noch dir selbst. Wenn du dann keine positiven Erfahrungen machst, in Liebesbeziehungen zum Beispiel oder ganz allgemein im Umgang mit Menschen, dann gnade dir Gott!

Jakobs Reisen

Zu Jakob hat einmal ein Freund gesagt, wenn du wirklich wissen willst, was der Sinn des Lebens ist, dann musst du in die Krankenhäuser gehen, dahin, wo ständig Menschen sterben. Jakob ist nicht in die Krankenhäuser gegangen. Statt dessen ist er gereist.

***

Eine starke Erinnerung ist die an die erste Reise nach Indien, oder besser gesagt nur an den Anfang, eine Taxifahrt von Trivandrum nach Covalam Beach. Es begann mit der üblichen Verwechslung von Fahrer- und Beifahrersitz wegen Linksverkehr. Die Geschwindigkeit des Taxis war sehr hoch, überall Fußgänger neben der Schotterstraße, lautes Hupen und hektisches Gedränge von Fahrzeugen, ohne dass man das dahinterstehende System direkt entwirren konnte. Neben dem Krach und der Hektik all die neuen und fremdartigen Gerüche, dann die Farben der Häuser, des Urwalds und der Erde. Rot war die Farbe der Erde, dunkelrot, weil es gerade geregnet hatte und der Boden noch in der Sonne dampfte. Darauf das vielfache Grün der Pflanzen und Palmen, das Bunte der vorbei stürmenden Häuser und Hütten und all die vielen Farben der Saris der Frauen. Schöne Frauen, braungebrannt mit schwarzen Haaren, oft ebenmäßige Gesichter und anmutige Bewegungen. Ständig sich ändernde Bilder, jedes Haus war wieder anders, und überall die vielen Menschen, die an dem Auto vorüber strömten.

***

Eine Straße in Frankreich auf dem Weg vom Süden nach Brest. Kilometerlang geradeaus, tief ins Tal herabsteigend und dann lang wieder hoch. Oder eine Straße im Botanischen Garten von Kandy, ein schwarzer Oldtimer fährt nach hinten aus dem Bild. Neben der Straße eine Allee hoher Palmen mit grünen Wipfeln, ständig geradeaus bis zum Horizont.

***

Jakob erzählt von seiner Fahrt nach Agra, elf Jahre nach der Reise nach Südindien:

"Der Inder an sich... Es begann damit, dass ich in meinem Hotel in Delhi um 5.35 Uhr geweckt wurde, ich hatte am Tag zuvor Frühstück bestellt (für 6.10 Uhr) und einen Weckauftrag für 6 Uhr gegeben, meinen eigenen Wecker hatte ich auf 5.45 Uhr gestellt. Um kurz vor sechs stieg dann die Bedienung mit einem Frühstückstablett hoch zu meinem

Zimmer auf dem Dach, ich sagte dem Mann auf Englisch, nein, ich käme schon runter. Das Frühstück selbst war dann ziemlich miserabel, das Tomaten-Zwiebel-Omelette angebrannt und der Toast mit Marmelade, statt wie bestellt mit Butter. Den hat dann ein Kanadier gegessen, der neben mir saß, den Rest die umherstreunenden Katzen. Der Kanadier hat auch ein Buch, in das er seine Erlebnisse schreibt, Fotos und Postkarten einklebt sowie einiges gemalt hat. Ich fand das nicht schlecht, und es erinnerte mich etwas an das Tagebuch des Grafen Almansy im Englischen Patienten.

Um halb sieben war ich längst mit Frühstücken fertig, ich sollte von hier zum Abfahrtsplatz abgeholt werden. Um sieben von mir die zweite unruhige Nachfrage an der Rezeption, der Bus käme halt zwischen 6.30 und 7.30 Uhr. Schließlich um kurz vor acht sage ich dem dicklichen Mann an der Rezeption, er solle jetzt mal anrufen. Das tut er auch, es käme jemand in zwei bis drei Minuten. Fünf Minuten später stürmt tatsächlich ein junger Inder an der Türe herein, geschäftsmäßig gekleidet und ruft hektisch: "Come on, quick!" Ich antworte ihm, er sei wohl verrückt, ich hätte gerade 1,5 Stunden gewartet und solle mich jetzt auf einmal beeilen. Unten vor der Haustüre steht eine Motorrikscha, ein dreirädriges Gefährt mit einem Mokickmotor, der Fahrer vorne auf einer Bank, hinten Platz für ein bis drei Leute. Wir beide steigen schnell hinten ein und ab geht die Fahrt, nach einer Viertelstunde der erste Halt - der Bus ist weg! Also, weiter hinterher, der Mann auf dem Nebensitz ist nervös und redet nicht mit mir, aber er kümmert sich wenigstens um die Angelegenheit. Ein zweiter Stop, der Bus ist schon wieder weiter. Nach einer halben bis dreiviertel Stunde Fahrt endlich der Bus auf unserer linken Seite, er hält an einer Tankstelle. Wir fahren heran und der Mann neben mir springt raus, um mit dem Fahrer zu reden. Der Rikschafahrer will in der Zwischenzeit 100 Rupien von mir, ich sage nein. Später bekommt er von dem jungen Mann 80, die gehen also noch von den 350 Fahrtpreis runter, nicht mein Problem. Der Mann hat sich mit dem Busfahrer geeinigt, dass ich mitkann (ist wahrscheinlich irgendein Bus und gar nicht meiner...), allerdings muss ich zuerst ein bis anderthalb Stunden vorne beim Fahrer mit seinem Hilfsjungen mitfahren. Der Mann hatte auch noch jemanden hinten im Bus zu überreden versucht, mir seinen Sitzplatz zu überlassen, das hatte aber nicht geklappt, so muss ich warten, bis ein Fahrgast mitten auf der Strecke nach Agra aussteigt. Ich bin zufrieden, dass ich überhaupt in diesem Bus bin und mit der Lösung einverstanden.

Der Fahrer, ein kleiner älterer Inder, unrasiert und freundlich, schwitzt genauso wie ich beim Fahren; er und der Junge haben ein dreckiges Tuch, mit dem sie sich ständig den Schweiß abwischen. Ich sitze links auf einer Radbank, den Ellenbogen hinaus durch das geöffnete Fenster, die Sicht ist gut hier vorne, nur eben nichts klimatisiert. Wir kommen aus der Stadt heraus und an Siedlungen mit Stroh- und Lehmhütten vorbei, ich sehe Wasserbüffel und einmal auch eine Ansammlung von weißen Geiervögeln auf dem Boden hocken. Plötzlich kommt uns eine Bettlerin zu Fuß auf der Straße entgegen, der Fahrer drückt voll auf die Hupe, doch die Frau läuft genau auf den Bus zu. Es wird gebremst und Schritt gefahren, endlich ist die Bettlerin an der Seite vorbei, der Junge ruft ihr noch etwas Unfreundliches hinterher. Der Fahrer und ich grinsen uns an, es geht weiter.

Dann der erste Frühstückshalt, mir liegt das Omelette noch im Magen, also trinke ich nur zwei kalte Getränke. Ich habe aus Delhi noch zwei Literflaschen mit Zitronenwasser im Gepäck, die werden am Nachmittag auch geleert sein. In unserer einheimischen Reisegruppe sehe ich nur zwei weitere Touristen, einen Belgier, der demnächst nach Leh und Rajasthan möchte, und Jim, einen Amerikaner, den es bald nach Himachal Pradesh, Dharamsala etc. zieht, wie ich später erfahre. Sie sprechen beide ein gutes Englisch, ich verstehe aber leider immer nur die Hälfte, auch wenn mein Gegenüber das vielleicht nicht immer direkt merkt. Der Belgier schwärmt mir etwas von Brasilien vor, wo er nach etwa drei Monaten Asien – zuerst noch Bangkok, Indonesien und Philippinen - wieder hinfliegen will. Der Amerikaner stimmt ein und meint, in einem halben Jahr, also gegen Weihnachten, wolle er wieder zu

Hause in den Staaten sein. Wo haben diese Leute nur die viele Zeit her?

Nach dem Frühstück Weiterfahrt in der Führerkabine, dann steigt hinten ein Mann aus und ich darf in den klimatisierten hinteren Teil des Busses. Ich setze mich auf den frei gewordenen Fensterplatz und bin dann ziemlich schnell eingeschlafen; ich erwache erst wieder um halb zwei, sieben Kilometer vor Agra.

Als nächstes das rote Fort, ein imposantes Gebäude, etwas kleiner als das Fort von Old Delhi, aber dafür grünere Parkanlagen und alles besser gepflegt. 50 Minuten Aufenthalt, danach die Fahrt zum Mittagessen, wird mir mitgeteilt, und dann wird mir so langsam klar, dass ich wirklich mit einer Reisegruppe unterwegs bin. Wir haben einen Führer im Wagen und bekommen einen neuen Führer vor Ort, ein älterer Mann mit weißem Bart und weißen Kleidern, der

der jedoch sehr viel besser Englisch spricht als unser Guide. Wir bekommen die Paläste gezeigt, in denen die Herrscher und ihre verschiedenen Frauen wohnten, oft eine muslimische und eine Hindu, manchmal auch eine Christin - Namen von Frauen und Söhnen werden genannt und sofort wieder vergessen. Über den Rand hinaus sieht man von weitem das Tadsch Mahal, hier war sein Erbauer, der Enkel des Mogulherrschers Akbar, die letzten Jahre seines Lebens eingekerkert, nachdem sein Sohn ihm die Macht entrissen hatte. Als letztes die große Audienzhalle mit schönen Säulengängen, ein tolles Bild - dann drängen die Führer, wir müssen weiter.

Es folgt ein Mittagessen in irgendeiner Gaststätte, ich sitze neben dem Belgier und tausche mit ihm die notwendigen Informationen aus. Ich bestelle ein "marsala chicken" mit Reis, es ist gut

und schmeckt nicht zu scharf, nur habe
ich ziemlich wenig Hunger. Der Belgier
ist mit seinem "chili chicken" nicht so
zufrieden, er bekommt noch etwas Reis
von mir, über die Hälfte der Platte habe
ich nicht angerührt (dabei esse ich normalerweise immer sehr viel, seit der
Ankunft in Delhi trinke ich nur noch, 4
bis 4,5 Liter pro Tag. Für diesen Tag
war es das an Nahrung). Danach folgt
die obligatorische Führung in einen
Verkaufsraum, ich sitze bald gelang-
weilt draußen am Eingang. Der Fahrer
des Busses setzt sich neben mich, und
ich reibe die beiden ersten Finger meiner rechten Hand gegeneinander: Viel
zu teuer hier - der Fahrer nickt.

Dann endlich das Aussteigen vor dem
Tadsch Mahal. Wir haben eine Stunde
Zeit, bis 17.30 Uhr, und Jim und ich
gehen los. Eintrittskarten kaufen - der
Schalter hat eine Unterteilung in Män-
ner und Frauen (gents and ladies) -

dann die ersten Schritte an geschwätzigen Händlern vorbei. Wo wir den Eingang vermuten, dürfen wir nicht durch, statt dessen rechts daneben etwa 50 Meter weiter. Zweimal Karten abreißen, danach sind wir drinnen und ich staune:

Ich habe das Mahal ja des öfteren auf Postkarten und in Reiseführern gesehen, habe immer gedacht, ´na ja, ganz schön`, aber wirklich nicht geahnt, dass ich hier vor einem architektonischen Weltwunder stehen würde. Der riesige Kuppelbau aus weißem Marmor in der Ferne, vier Minarette aus Marmor darum herum, rechts und links große Bauten aus rotem Stein. Wir sind durch ein großes rotes Gebäude oder Tor gekommen, von dort zieht sich eine Prachtstraße geradeaus zu den Eingangsstufen des Mausoleums, in der Mitte Wasserbecken, rechts und links grüner Rasen, Büsche und Bäume. Ich gebe vorne die Schuhe ab und gehe die Treppe hoch zum Eingang, dann bin ich drinnen im Gebäude und sehe die beiden Särge in der Mitte der hohen Kuppel. Särge des Herrschers Shah Jahan (1627-58) und seiner Lieblingsfrau Mumtaz-i-Mahal ("Auserwählte des Palastes"), die dreißig Jahre vor ihm gestorben ist, wie mir ein Führer erklärt. Und die farbenprächtigen Steineinlegearbeiten an den Seitenmauern sind aus Jade, Lapislazuli etc. Ich erinnere mich daran, dass in meinem Reiseführer steht, die Originalgräber sind unten im Keller, dort steht auch geschrieben, dass Shah Jahan sich selbst auch noch eine schwarze Grabstätte erbauen lassen wollte, obwohl die Staatskasse durch den vorhandenen Bau schon geplündert war. Sein Sohn hinderte ihn durch seine Einkerkerung daran und beschwor dann den Niedergang der Großmogulherrschaft herauf. Er hat seinen Vater dann hier begraben lassen, neben seiner Lieblingsfrau. Da gehört er doch auch hin`, denke ich mir, wenn man voraussetzt, dass diese Art von Beerdigung irgendwelche Bedeutung hat.

Der Innenraum um die beiden Gräber herum, die von weißen Gittern umgeben sind, ist rund. Ein hoher Kuppelbau mit einer enormen Akustik, es rauscht und raunt und schreit von so vielen laufenden und sprechenden Leuten. Ich gehe zwei Mal im Kreis herum und achte auf die vielen Geräusche. Als ich das Gebäude wieder verlasse, wende ich mich nach links und laufe zu einem der roten Gebäude, um das Mausoleum mit der Sonne dahinter fotografieren zu können. Die roten Steine am Boden sind siedend heiß, aber es geht doch irgendwie bis zum Innenraum, der etwas Schatten spendet. Als ich zurückkomme, laufen mir der Belgier und der Amerikaner entgegen. "Hallo tourist", sagt der Belgier, und wir lachen. Vor dem Eingangstor setzen wir uns noch auf eine Bank. Jim kommt auf die Idee, einen Inder ein Foto von uns machen zu lassen, von unseren Rücken, das Mahal im Hintergrund. Dann möchte der Inder, dass Jim ihn und seine Frauen fotografiert und schließlich er mit der ganzen Familie. Ich mache auch ein Foto, dann bedankt sich der Inder und wir auch. Als wir wieder draußen sind, sagt der Belgier zu einem einheimischen Führer: "Wenn ich einmal sterben sollte, würden sie mir auch so ein Mausoleum bauen?"

Der Führer lacht unsicher, dann kommt ein anderer und meint: "Leben sie besser weiter!"

Danach die Rückfahrt, eine endlose Odyssee. Ich erfahre mittlerweile von dem Belgier, dass die anderen schon um 6 Uhr morgens abgeholt wurden vom Connaught Place, wir sind also alle etwa gleich lang auf den Beinen.

Zuerst ist es noch stickig und heiß im Bus, dann geht die Sonne langsam unter und schließlich ein weiterer Halt, 25 Minuten Zeit für einen Hindutempel. Da man den Fotoapparat nicht mitnehmen darf, ich ihn aber auch nicht im Bus lassen will, gehe ich einfach nicht mit. Ich setze mich in eins der erleuchteten Cafes (bis dann mal kurz das Licht ausfällt), trinke eine Limka und kaufe mir eine neue Flasche Wasser.

Der nächste Halt um etliches später, alle raus aus dem Bus und mit einem neuen Führer durch die Stadt - ich glaube, es ist Mathura, der Geburtsort Krishnas und eines der 7 großen Hinduheiligtümer. Wir bleiben vor einem großen Haus stehen, an der Wand sind etwa 20 X 20 cm große Steinkacheln angebracht mit dem Namen jeweils einer Familie: ich sehe die Herkunftsorte Delhi, Australien und später im Tempel noch zwei Familien aus England. Ein

Inder aus der Reisegruppe erklärt uns, dass man hier diese Tafeln anbringen könne für seine Eltern, wenn sie diese Reise nicht mehr bewältigen könnten, wenn ich das alles richtig verstanden habe. Wir betreten den Tempel - ohne Schuhe und mit gewaschenen Händen - und setzen uns auf den Boden. Vorne zwei Priester vor einem geschlossenen Vorhang, vor dem der eine zu reden und zu predigen anfängt. Dann reißt er plötzlich den Vorhang auf. Vier angekleidete Figuren stehen dahinter, davon eine mit schwarz angemaltem Gesicht, so dass ich sofort an die Göttin Kali denken muss. Es sind aber Lord Krishna, seine Eltern und sein älterer Bruder, wie mir der hilfsbereite Inder später erklärt. Ich denke kurz an das Lied von George Harrison ´my sweet Lord`, so seltsam erscheint mir die Bezeichnung auf den ersten Eindruck hin. Der andere Priester fängt nun auch an zu reden, dann werden Bänder geholt und Namen abgefragt und Adressen, danach wird Geld gegeben und die Bücher werden weggepackt. Daraufhin gibt es einen Segen, dafür stoßen die zu Segnenden mit dem Kopf leicht auf zwei Füße des Lords, die auf einem Stein stehen. Ein Mann nimmt dann eine Paste und schmiert sie den Leuten auf die Stirn. Mir will er den Segen zuerst nicht geben, wohl weil ich nur zwei Rupien gegeben habe, immer geldgeil, diese Priester.

Dann die Weiterfahrt, und ich schlafe bald ein. Als ich wieder aufwache, denke ich zuerst, ich bin in Delhi. Wir sind aber erst am Ort unseres Frühstücks angelangt, ich trinke mit dem Belgier einen Kaffee, Jim pennt im Bus. Ich frage nach der Uhr, kurz nach Mitternacht; wir erfragen die Fahrzeit, noch zirka 2 Stunden.
Also etwa 2 Uhr bis 2 Uhr 30 zu Hause, der Fahrer lässt mich in der Nähe des

Connaught-Place hinter dem großen roten Citibank-Gebäude aussteigen, und bald klingele ich den Boy in meinem Hotel heraus. Als ich oben auf dem Zimmer bin, merke ich, dass ich meinen Wecker verloren habe. Zerstochen von den Mücken im Heiligtum Krishnas bin ich auch, ich bin froh, wieder zu Hause zu sein. Und gleichzeitig jedoch froh, einmal das Tadsch Mahal gesehen zu haben."

***

Nachtrag zu einer Rückfahrt von Gangtok nach Darjeeling: Reisen in Indien

"Nach einer halben Stunde Fahrzeit stoppte der Commander-Jeep mit 10 Sitzplätzen plötzlich in einem Wäldchen vor einem gewaltigen Bergrutsch, rechts unten lief der Fluss Tichta an uns vorbei und etwas hinter uns lagen ein paar verstreute Hütten eines Dorfes.

Wir stiegen aus und mein Freund U. ging entlang den parkenden Autos nach vorne, um sich den Erdrutsch anzusehen, auf dem eine einsame Planierraupe zu erkennen war, es war kurz nach 14 Uhr. Etliche Jeeps und Taxis hinter uns stauten sich, zwei Wagen versuchten sich auch vorbei zu drängen, doch vorne am Anfang war eine von einem khakifarben gekleideten Polizisten bewachte Schranke. Als U. zurückkommt, bringt er die frohe Botschaft, dass der Bergrutsch wegen Bauarbeiten von 14-16 Uhr nicht zu befahren ist, also zwei Stunden warten. Ich gehe mit ihm noch einmal nach vorne, wir kommen an ein paar schnell improvisierten Verkaufsständen vorbei, essen etwas Gebackenes und jeder ein gekochtes Ei. Eine alte Inderin will uns veräppeln, drei Rupien für jedes Ei; ich sage, fünf für zwei Eier wären wohl genug, sie lacht und kichert mit zwei jungen Mädchen laut herum. Vorne sehen wir uns die abgerutschten Erdmassen etwas genauer an, durch die die gelbe Raupe einen breiten Weg zu bahnen versucht, danach gehen wir wieder und holen D. ab, der noch hinten im Jeep sitzt. Und dann gibt es die typische Freizeitaufteilung zwischen uns dreien, U. geht eine Stunde lang zum Fluss runter, ich schlafe hinten im Jeep und D., der einzige Raucher unter uns, ist mal am Jeep, mal in der Nähe der stehenden Wagen zu finden. Als ich wieder wach werde, ist noch eine halbe Stunde zu warten, die anderen beiden stehen auf der Böschung und schauen nach vorne, dann wird zum Aufbruch gehupt. Ich gehe noch einmal hinter der Böschung pinkeln, als die beiden zu unserem Fahrzeug zurückkommen, daraufhin fährt der Jeep an und wir passieren die Schranke. Die Raupe kommt uns entgegen, oben auf dem Sitz ein Inder mit Sturzhelm, danach passieren wir die matschige Passage des Erdrutsches.

Auf der anderen Seite die lange Schlange der entgegenkommenden Fahrzeuge, eine weitere braune Raupe steht da außer Betrieb herum, und wir fragen uns, warum sie nicht arbeitet und warum unser Jeepfahrer nicht rechtzeitig aufgebrochen ist. Aber so ist halt das Reisen in Indien, weder die Entfernungs- noch die Zeitangaben stimmen, denn immer ist mit Unvorhergesehenem zu rechnen. Und kleine Abenteuer lauern am Wegesrand..."

***

Jakob denkt an seinen letzten Urlaub in der Toskana. Abends befand er sich mit seiner Tochter auf einer der vielen Seitenstraßen, sie hatten sich total verfahren, und plötzlich sahen sie rechts eine Herde Schafe friedlich auf einer Wiese grasen. Sie stiegen aus und bemerkten zwei einheimische Männer, die sich unterhielten, vielleicht die Besitzer.

Rechts hinter der Wiese standen Bäume, hinter denen gerade die Sonne unterging. Das Blöken der Schafe, das Licht der entschwindenden Sonne, wie verzaubert standen die beiden, und Jakob dachte, es gibt sie wirklich, die geheimen Stellen der unberührten Toskana...

***

Demnächst möchte Jakob mit seiner Frau nach Ägypten. In das Land der Pharaonen, an die Wiege unserer Kultur.
Diesen Sommer fährt eine gemeinsame Freundin dorthin, Kairo, Nilfahrt bis Assuan und ein paar Tage Badeurlaub am Roten Meer. Man kann nicht alles haben, sagt Jakob, aber irgendwann komme ich auch noch nach Ägypten.

Jakob und die Frauen

Jakob hält nicht viel von der Institution Ehe. Ein Freund von ihm steht gerade vor der Entscheidung, Frau und Kinder zu verlassen, weil er sich in eine andere verguckt hat. Der Mann arbeitet, und die Frau zieht die Kinder auf. Dann lässt der Mann die Frau sitzen - alles ganz einfach, oder?
Jakob ist etwa zwanzig Jahre lang glücklich verheiratet.

***

Als Jakob das erste Mal das Wort "Fischfünzchen" hörte, war er innerlich sehr erschrocken. Da war doch das, was ihm immer als der direkte Weg ins Paradies erschienen war, für andere Männer anscheinend eine zutiefst niedrige und schmutzige Angelegenheit. Jakob, der den Dingen immer gerne auf den

Grund gehen will, beschloss für sich, die Meinung der anderen zu diesem Thema anzuhören, aber nicht in sich aufzunehmen.

***

Jakob schreibt die Geschichte vom "ungeborenen Christus":

Ein Mann mittleren Alters geht allein durch die Straßen der großen Stadt. Es ist spät geworden im Büro, er denkt an seine Frau und die beiden Kinder, die heute schon voraus ins Wochenende gefahren sind. Es ist Freitagabend, und er muss morgen Vormittag noch arbeiten. Weil niemand zu Hause auf ihn wartet, hat er ohne schlechtes Gewissen Überstunden gemacht. Auch jetzt trödelt er an diesem lauen Sommerabend, und er merkt zuerst gar nicht, dass er ganz unwillkürlich die Abkürzung durch das Rotlichtmilieu gewählt hat.

Normalerweise meidet er diesen Weg, um nicht mit den lasziv in den Hauseingängen stehenden Dirnen konfrontiert zu werden; er mag es nicht, wenn sie einen wildfremden Mann wie ihn offen auf der Straße ansprechen. Früher, als er einmal hier durchlief, hat ihm sogar eine ihre nackten Brüste gezeigt und laut hinter ihm her gelacht, nachdem er seine Schritte kopfschüttelnd beschleunigt hatte. Danach hatte er den ganzen Bezirk sorgfältig gemieden.

Heute jedoch wird er von einer merkwürdigen Unruhe erfasst, die er sich selbst nicht so ganz erklären kann. Sicher ist er nicht vollkommen zufrieden mit seinem normalen Leben. Er ist Mitte Vierzig, hat einen guten, unkündbaren Job, eine nette Frau und zwei schulpflichtige Kinder - im übernächsten Monat wird er zwanzig Jahre lang verheiratet sein, ob es das ist? Ob er, der in der ganzen Zeit niemals fremdgegangen ist, plötzlich

gegangen ist, plötzlich wieder das A-
benteuer sucht, die Abwechslung? Vielleicht läuft alles viel zu glatt in seiner
Ehe, er wird sich bewusst, dass er die
Frauen auf der Straße instinktiv zu
mustern beginnt. Nein, das ist nur ein
Spiel, eine typisch männliche Ange-
wohnheit. Während er weitergeht, steigt
sie wieder, diese innere Spannung,
einmal im Leben etwas Verbotenes zu
tun. Nur aus der Lust am Augenblick,
er will vielleicht doch, nur ein einziges
Mal, und dabei vorschriftgemäß verhü-
ten. Vor ihm steht plötzlich eine Dunkelhaarige in rotem Minikleid, deren
Gesicht ihm gefällt - sie hat einen hüb-
schen Schmollmund und lehnt ruhig an
einer Wand neben einer breiten Türe.
Er überlegt blitzschnell, ob er sie wirklich ansprechen soll, und dann wie; er
geht langsam an ihr vorbei, und seine
Glieder entspannen sich wieder. Nach
etwa zehn Schritten dreht er sich um,
mustert sie jetzt aus der anderen Rich-

tung und fragt, als er ganz nahe heran ist, leise und gepresst: "Wie viel kostest du?"

"150 mit Gummi, 200 französisch. Das sind Festpreise. Was möchtest du denn?"

"Mit Gummi."

"Gut, dann komm mit hoch."

Sie gehen zusammen in den Hauseingang, und er schließt rasch die breite Türe hinter sich. Die Frau in dem roten Minikleid steigt vor ihm die steinerne Treppe hinauf, er sieht ihre langen Beine und weiß schon jetzt, dass er sich nachher bestimmt schämen wird. Ob sie dafür ein bisschen Verständnis hat, die Dunkelhaarige? Oder seine Frau, die davon ja indirekt mit betroffen ist? Er reißt sich zusammen und geht weiter hoch, nun will er es auch zu Ende bringen. Er denkt an den Körper der Frau vor sich und spürt einen leichten Schmerz in den Lenden. ´Wie ein Tier!` durchzuckt ihn plötzlich der Gedanke,

´Wie ein hirnloses Tier!` Aber er hat schon aufgehört, sich gegen sein aufsteigendes Begehren zu wehren, und er weiß aus Erfahrung, die Klarheit der Gedanken wird er erst nach der Erfüllung wiedererhalten. Nur dass, wo dann eigentlich Freude und Zufriedenheit herrschen sollten, etwas ganz anderes entstehen wird, nämlich die Scham. Liebe kann man nicht kaufen, nur körperliche Befriedigung. Plötzlich ist die Dunkelhaarige oben auf einem kleinen Flur angekommen und öffnet die Tür zu ihrem Zimmer. Sie geht hindurch, an einem großen Bett mit Messingrahmen vorbei, um das Fenster zu schließen und den dunkelroten Vorhang davor zu ziehen. Der Mann steht noch an der Zimmertür, die Klinke in der Hand, und schaut sich unruhig um.

"Du kannst ruhig hereinkommen!" sagt die Dunkelhaarige, "und mach leise die Tür zu. Wenn du dich zuerst waschen möchtest, hier vorn ist die Toilette."

Sie zeigt auf eine weitere Tür, auf der zwei Herzen nebeneinander aufgemalt sind, und setzt sich dann mit dem Rücken zu ihm aufs Bett. Er sieht dabei zu, wie sie ihre schwarzen Strümpfe aufrollt und auf den Nachttisch legt. Dann öffnet sie den Reißverschluss ihres Minikleides und steigt heraus. Auch den schwarzen BH und Slip zieht sie schnell aus, dann legt sie sich lang aufs Bett und öffnet ihre Beine. Der Mann sieht direkt auf ihre Scham, das Blut steigt ihm ins Gesicht, und er schüttelt plötzlich wieder den Kopf. ´So nicht!` denkt er wütend auf sich und die Frau, ´So nicht!`

"Es tut mir leid!" bringt er stammelnd hervor, dann fällt die Türe hinter ihm ins Schloss. Gerne hätte er der Dunkelhaarigen noch etwas erklären mögen, er wird jetzt wohl öfter an sie denken müssen, wie sie da mit offener Scham vor ihm auf dem Bett lag, aber so nicht.

Plötzlich wurde ihm einfach alles zu eng, das Zimmer, sein dröhnender Kopf, das rosa Geschlecht dieser Frau, die bestimmt keine schlechte, aber eben eine Hure war. Geld für Liebe, er ist doch kein Tier, auch wenn er es ganz gerne mit ihr gemacht hätte. Und er will sich einfach nicht schämen müssen, nicht vor sich, nicht vor seiner Frau, nur vor der Dunkelhaarigen wird er sich in Zukunft ein bisschen schämen. Er springt schnell die Treppe herunter; mit jedem Schritt, den er der breiten Türe unten näher kommt, wird ihm wieder besser. Er öffnet die Haustür und geht auf die Straße zurück, sofort treiben ihn seine Schritte nach Hause. Dort wird er Fernsehen gucken und vielleicht seine Frau anrufen, was werden sie sich dann zu sagen haben?

Als er fast aus dem Viertel heraus ist, denkt er noch ein letztes Mal an die Dunkelhaarige auf ihrem Messingbett, bestimmt war sie stinksauer, weil sie sich unverrichteter Dinge wieder anziehen musste. Er hätte ihr das Geld trotzdem geben sollen, obwohl der Akt nicht vollzogen wurde. Natürlich wird er nicht zu ihr zurückgehen und ihr das Geld geben. Auch wenn er es vielleicht gerne täte. Oder sie zu einem Kaffee einladen. Und ganz plötzlich kommt ihm der aberwitzige Gedanke, dass er mit ihr ja auch ein Kind hätte zeugen können. Ein defekter Gummi, und schon hätten sie die Bescherung gehabt. Unter den widrigsten Umständen, wie damals das Kind im Stall, sie hätte vielleicht den neuen Erlöser gebären können. Er sieht ein letztes Mal den Schmollmund der Dunkelhaarigen vor sich und lächelt über die Idee mit dem ungeborenen Christus. Der die Menschen eben nicht von ihren übergroßen Leiden erlöst hat.

***

Jakob weiß aus eigener Erfahrung, dass zwischen Männern und Frauen kein wirkliches Gespräch über ihre Beziehung möglich ist. Wäre da nicht die Liebe, welche die Beziehungen zusammenhält, würde alles mit einem lauten Knall explodieren.

***

Jakob denkt bei sich: Was braucht der Mensch eigentlich mehr, als zu essen, zu trinken und zu lieben? Wenn das alles nur so einfach wäre...

***

Früher, sagt Jakob, habe ich immer geglaubt, dass ständige Sexualität mit einer Partnerin für mich ein Muss sei. Heute denke ich eher, dass Sex ein Geschenk ist, das man gar nicht so oft haben muss. Die Diskrepanz, die zwischen Phantasien bzw. Wünschen und

der Realität ist, kann eben normalerweise nicht aufgehoben werden.

Jakob und die Kunst

Jakob erinnert sich an eine Dienstreise nach Lissabon. In einer freien Stunde ging er mit ein paar Kollegen durch die Altstadt. Als sie eine enge Straße herunter liefen, drehte Jakob sich plötzlich um. Er sah weiße Wolkenberge sich direkt über die nach innen geneigten Häuser schieben, ein phantastisches Bild, die aufwärts strebende Straße, die alten mehrstöckigen Häuser und das weiße Wolkenmeer. Da dachte sich Jakob, malen müsste man können, eine Staffelei aufbauen und dieses schöne Bild hier auf der Leinwand festhalten. Das wäre eine ganz andere, sinnerfülltere Existenz, alles hinschmeißen und einfach Maler werden...

***

Im Jahr 2001 verschenkt Jakob zu Ostern an gute Bekannte das Buch von Hermann Hesse: Wege nach Innen. Es ist eine Sonderausgabe für 10,- DM zum Welttag des Buches am 23. April. Jakob sagt: "10 Mark nur für die Wege nach innen, das ist wirklich preiswert."

***

Jakob stellt seine zehn Lieblingsromane vor, in der Chronologie, in der er sie gelesen hat:

Erstens **Das Ende einer Dienstfahrt** von <u>Heinrich Böll</u>, weil dort Kriegstreiberei und Kleinbürgerlichkeit schonungslos entlarvt werden.

Zweitens **Die Pest** von <u>Albert Camus</u>, in der Sterben, Leid und menschliche Verantwortung (vor dem Hintergrund eines absurden Daseins) thematisiert werden.

Drittens **Das Glasperlenspiel**, das Alterswerk von <u>Hermann Hesse</u>, in dem er das Modell einer utopischen Gesellschaft gegen die heraufkommende Zeit des Nationalsozialismus entwirft.

Viertens **Hundert Jahre Einsamkeit** von <u>Gabriel Garcia Marquez</u>, wo in märchenhaftem Realismus vom Aufstieg und Untergang eines kolumbianischen Dorfes erzählt wird.

Fünftens **Goya oder der arge Weg der Erkenntnis** von <u>Lion Feuchtwanger</u>, ein Geschichts- und Künstlerroman, der das Leben dieses Wegbereiters der Moderne bis zu seinem Exil in Frankreich beschreibt.

Sechstens **Der Medicus** von <u>Noah Gordon</u>, ein Roman über einen mittelalterlichen Arzt, der zur Vervollkommnung seiner Heilkunde von England in den Orient und wieder zurück reist.

Siebtens **Die Entdeckung der Lang-samkeit** von <u>Stan Nadolny</u>, ein Buch über den Polarforscher John Franklin, der bei dem Versuch, die Nord-westpassage zu durchqueren, sein Schiff, seine Mannschaft und sein Leben verlor.

Achtens **Salz auf unserer Haut** von <u>Benoite Groult</u>, ein erotischer Roman über die Liebesbeziehung einer Intellektuellen aus Paris zu einem bretonischen Fischer.

Neuntens **Krabat** von <u>Otfried Preußler</u>, ein Jugendbuch über den Lehrling Krabat, der seinem Meister, einem hexenden Müller, das Handwerk legt und seine Mitlehrlinge von dessen Herrschaft befreit.

Zehntens **Briefe der Liebe** von <u>Anna Nurowska</u> über eine junge Frau, die im Warschauer Ghetto zur Judenhure gemacht wird, fliehen kann und unter falschem Namen einen Polen heiratet.

***

Jakob hat letztens ein Insel-Bändchen von einem japanischen Schriftsteller in der Hand gehabt, da ging es um das Leben in der Nähe eines Berges. Jakob dachte bei sich, dass das schon ein tolles Symbol sei, ein Berg, eine Bergbesteigung, ein Gipfel. Dass es eigentlich nur zwei solcher großer Natursymbole gebe, den Berg und das Meer. "Das Meer und die Berge", sagt seine Frau, "sind die einzigen Urlaubsziele, die mich wirklich interessieren."

***

Jakob ist der Meinung, dass ein bisschen Literaturgeschichte nicht das Schlechteste ist. Seine 30 liebsten Gedichte, chronologisch geordnet:

Walther von der Vogelweide:
1. Erster Reichston (Ich saz uf eime steine)
2. Under der linden
3. Elegie (Owe war sint verswunden alliu miniu jar!)

4. **Anonym:** Ich bin dein, du bist mein

5. **Matthias Claudius:** Abendlied

6. **Bürger:** Lenore

Goethe:
7. Prometheus
8. Wanderers Nachtlied
9. Der Zauberlehrling

10. **Schiller:** Das verschleierte Bild zu Sais

11. **Hölderlin:** Hälfte des Lebens

Brecht:
23. Der Choral vom großen Baal
24. An die Nachgeborenen II
25. Über die Verführung von Engeln

Kästner:
26. Die Entwicklung der Menschheit
27. Sachliche Romanze

28. Celan: Die Todesfuge

Fried:
29. Was es ist
30. Kinder und Linke

***

"Ich bin tief in meinem Inneren fest davon überzeugt", sagt Jakob, "dass es besser ist, kein Gedicht zu hören oder zu lesen als ein schlechtes Gedicht."

***

Jakob glaubt, dass das Wesen der künstlerischen Existenz darin begründet liegt, dass der Künstler oder die Künstlerin an der Welt leidet. Um dieses Leiden abzustellen, wird das Kunstwerk geschaffen, ist es fertig, beginnt der Kreislauf von neuem. Es gibt auch andere intellektuelle Menschen, die aber nicht leiden, deshalb schaffen sie keine Kunstwerke und können das Leiden der Künstler oft nicht verstehen.

***

Jakob sagt: "Die Kunst suche niemals im Großen, sondern immer nur im Kleinen. Nicht das naturgetreue Abbild zählt, sondern die Verfremdung, das Groteske. Anders kann man den Menschen nicht erreichen."

***

Als Jakob einmal beim Lösen eines Kreuzworträtsels auf den Begriff "Weinlese" stieß, fiel ihm sofort die ursprüngliche Bedeutung des Wortes "Lesen" ins Blickfeld. Lesen als das Auflesen von Buchstaben, Lesen als Ernte des Geistes, als das Sich - Einfühlen in die Gedankenwelt eines anderen. Jakob selbst hat auch noch eine andere Erklärung für sein eigenes Lesen: das Stillen seines unbändigen Wissensdurstes.

***

Jakob sagt: In unserer hochtechnisierten Zeit, die dabei so entsetzlich dumm ist, geht mir persönlich nichts über die Welt der Bilder. In den Gemälden der alten Meister liegt oft eine Kraft verborgen, eine Ruhe und Natürlichkeit, die anregend und heilsam zugleich ist. Das ist auch eine Form von Therapie, in die großen europäischen Museen zu gehen und sich schöne Bilder anzugucken. Schade allerdings, dass zum Beispiel der berühmte Maler Van Gogh, dessen Werke heutzutage etliche Millionen wert sind, bei Lebzeiten nur ein einziges Bild verkauft hat.

***

Jakob hat einen Freund, der ist Musiker. Sie kennen sich seit ihrer frühesten Jugend und sehen sich manchmal jahrelang nicht, aber was soll`s, sie sind eben Freunde.

Jakobs Tochter lernt Gitarrespielen. Jakobs Frau kennt sich mit Rockmusik aus. Auch Jakobs älterer Bruder ist viel musikalischer als er.

Jakob erzählt dazu: "An dem Tag, als ich geboren wurde, war im Himmel gerade das Töpfchen mit den musikalischen Talenten ausgegangen. Petrus

rief Gottvater um Hilfe und dieser sagte, er solle nur von den vorhergehenden
Talenten noch einmal austeilen, in dem
speziellen Fall sei halt nichts anderes
mehr zu machen."

Jakob denkt nach

Jakob wird manchmal von wildfremden Leuten gefragt, wie es ihm geht. Seit einigen Jahren hat er sich die stereotype Antwort "es geht" angewöhnt, doch er ist jedes Mal noch immer erschrocken, wie eine belanglose Frage ihn so in Unruhe versetzen kann.

***

Jakob ist bekennender Atheist. Er glaubt nicht an Jesus, er glaubt nicht an Gott, er glaubt nicht an die Erschaffung der Welt. Wenn er an einer Kirche mit betenden Menschen vorbeikommt, ist er manchmal sehr traurig.

***

Jakob erklärt seine Grundeinstellung:

"Ich bin davon überzeugt, dass jeder Mensch an dem Platz, an dem er sich in seinem Leben befindet, auch richtig ist. Es zählen nicht die Träume und Wünsche, sondern die konkrete Lebenssituation und wie wir diese meistern. Wenn wir uns dort optimal einsetzen, ist es gut; egal, ob wir auch das erreichen, was wir uns vorgenommen haben."

***

Jakob sagt: "Früher habe ich meine festen Anschauungen und Prinzipien gehabt. Heute staune ich nur noch. Staune darüber, wie schlecht und wie gut manche Sachen sind."

***

Jakob fühlt sich als Europäer. Er kann überhaupt nicht verstehen, warum die Amerikaner bessere Menschen sein sollten als die Japaner zum Beispiel.

Jakob meint:
"Tief in meinem Inneren bin ich immer noch ein Träumer, auch wenn ich mit den Jahren gelernt habe, realistisch zu denken und zu handeln. Wenn ich zum Beispiel sehe, dass ein junger Mensch aufmuckt und sich befreit, dann trete ich ihm doch nicht noch die Füße weg. Statt dessen freue ich mich darüber, dass dieser Mensch so unangepasst ist. Das ist wie mit den Pflanzen, die wir doch auch nach ihrer eigenen Art wachsen und gedeihen sehen wollen."

***

Jakob hat einen schlechten Tag gehabt. Er sagt frustriert:
"Warum ist unsere Gesellschaft nur so wenig wahrhaftig und freudlos? Da schuftet man sich Tag für Tag ab, wird immer älter in diesem Theater und wofür das alles?"

"Die Dinosaurier", findet Jakob, "sind noch gar nicht ausgestorben. Die brutalsten und intelligentesten unter ihnen, die Raptoren, haben nämlich überlebt und sich den Menschen in ihrer Gestalt vollkommen angeglichen. Wenn du heutzutage über die Straße gehst, dann weißt du gar nicht mehr, ist das wirklich ein Mensch, der dir da begegnet, oder ein angriffslustiger Saurier, der dir in der nächsten dunklen Ecke die Gedärme aus dem Leib reißen wird. Also guck dich gut um, auf den Straßen und in deinem Freundeskreis, und lerne beizeiten, zwischen Menschen und Raptoren zu unterscheiden."

***

Jakob denkt, es ist schon seltsam: Früher haben wir gegen Staat und Gesellschaft aufbegehrt, alles abgelehnt, und heute sind wir diejenigen, die sich am stärksten für diesen Staat engagieren.

Dabei gibt es genügend Kräfte (meistens von rechts), die eine soziale Aushöhlung betreiben.

***

Die Sozialdemokraten, so meint Jakob, haben insgesamt zwei von drei wichtigen Schritten realisiert:
1. Politik zu machen (um sich für die Gesellschaft und ihre Veränderung mit verantwortlich zu zeigen)
2. eine soziale Politik zu machen (im Gegensatz zu Vertretern von CDU/FDP, die oft nur ihren eigenen Vorteil suchen).

Den dritten Schritt haben sie leider nicht vollzogen, und das ist auch der Grund, warum Jakob nicht in die SPD eintreten würde: eine soziale und radikale Politik zu machen!

***

Eines der wenigen Dinge, die ich wirklich gelernt habe, sagt Jakob, ist, dass die Ersten in einer Gemeinschaft sich ab und zu auch ganz hinten anstellen sollten. Damit sie auch einmal die andere Seite kennen lernen, das kann für ihr Verständnis der Gesellschaft nur von Vorteil sein.

**

Jakob sagt: Das Privileg des Jung-Seins habe ich mittlerweile verloren. Aber das Privileg des Ich-Seins kann mir niemand nehmen!

**

Jakob fragt sich seit der Landtagswahl in Nordrhein Westfalen ernstlich, ob die Partei, der seine ganzen Sympathien gehören, mittlerweile ein Auslaufmodell ist.

Was ist Glück? fragt Jakob. Ist es nicht nur, dass manchmal die Dinge einfach ein bisschen besser klappen als normalerweise?

Was ist Unglück? fragt Jakob. Ist es nicht nur, dass manchmal die Dinge einfach ein bisschen schlechter funktionieren?

Was soll ich mir nun wünschen? fragt Jakob. Etwas mehr Glück oder nur, dass es nicht schlechter wird als normalerweise?

***

Jakob sagt mit einem Stirnrunzeln: "Der Mensch ist ein durch und durch widersprüchliches Wesen."
Dabei ist es Jakobs größtes Interesse, diese Widersprüche im gesellschaftlichen Leben aufzuspüren: Größe neben Kleinheit, Mut neben Verzagtheit, reich

neben arm und so weiter. Und er freut sich wie ein Kind an der Dynamik, die das Aufdecken solcher Widersprüche entfaltet.

***

Wenn ich ein Richter wäre, sagt Jakob, über wen sollte ich dann richten?
Über die kleinen Verbrecher oder die großen, deren man nur selten habhaft wird. Natürlich müssen Recht und Ordnung aufrecht erhalten werden, aber wer hat schon Schuld? Und wer kann aus seiner Haut heraus, den Zwängen entfliehen, wer hat überhaupt ein klares Bewusstsein davon, was gut und was böse ist?
Ich bin froh, dass ich kein Richter bin. Ankläger vielleicht, eher noch Verteidiger, aber Richter?

***

Eine Krise, so schlimm und so lang sie auch sein mag, dient, wenn sie wirklich durchlebt wird, nur dazu, um durch sie endlich zu neuen Ufern zu gelangen. Aus jeder Krise geht man gestärkt hervor, daher sind die Krisen in unserem Leben so ungemein wichtig - sagt Jakob und hofft ganz inständig darauf, im Moment nicht gerade zufällig in einer Zeit der Krise zu sein.

***

"Strebe nicht nach Vollkommenheit", sagt Jakob, der Erleuchtete, "sondern lebe. Genieße das Leben, das ist das ganze Geheimnis, das ich dir mitzuteilen habe."

"Denk ab und zu auch daran, wie viel Leid es in der Welt gibt. Manchmal triffst du einen Bekannten, dem es gerade nicht gut geht, und du sagst dir insgeheim, was habe ich doch für ein

Glück gehabt, nicht ebenfalls so ein schlimmes Pech zu haben."

***

Jakob sagt, bislang habe ich immer geglaubt, wenn ich meinen stressigen Alltag ordentlich meistern würde, sei das schon gut. Mittlerweile glaube ich, dass nur das Ausbrechen aus diesem Alltag wirklich zählt. Weil jeder alltägliche Tag, jeder Tag, an dem nichts Besonderes passiert, ein verlorener Tag ist. Denn irgendwann guckt man zurück auf sein Leben, und wenn es dann nur solche Tage gegeben hat, jahraus, jahrein, na dann gute Nacht, liebe Freunde. Sagt Jakob.

***

Jakob sagt: Das Problem ist, wie kann man als moralischer Mensch in einer unmoralischen Welt überleben? Zuerst einmal bedarf es dazu der Freiheit.

***

Es gibt eigentlich immer zwei Zeiten, konstatiert Jakob. Einmal die Zeit, die andauernd verrinnt, die linear voranschreitet, und dann die Zeit der Erinnerung beziehungsweise die erinnerte Zeit. Kraft unseres Denkens können wir uns in verschiedene Zeiten hineinversetzen, es gibt Fundsachen und Dokumente aus anderen Epochen, es gibt Geschichtsromane, die uns dabei helfen. "Irgendwann einmal", meint Jakob, "werden wir Menschen uns auf diesen verschiedenen Zeitebenen frei bewegen können. Das ist die wirklich beeindruckende Erkenntnis, die ich aus Einsteins Relativitätstheorie gewonnen habe."

***

Ich weiß schon lange, sagt Jakob, dass ich oft nicht das für mich bekommen habe, was ich sehnsüchtig wollte. Die Frage ist nur, ob die Umwege, die ich dann zu gehen bereit war und immer noch bin, mich nicht auch ans Ziel führen. Und sie ist ebenfalls, ob nicht das, was ich statt dessen bekommen habe, nicht viel wertvoller ist als das, was ich ursprünglich wollte.

Wer kann das beurteilen?

***

"Redet nicht über die midlife crisis!" sagt Jakob. "Die midlife crisis gibt es gar nicht - nur bei Männern."

***

Es gibt eine Karte im Tarotspiel, meint Jakob, die ist wie für mich geschaffen. Das ist der Mann, der kopfunter am Baum hängt, der Gehängte, der die

Welt aus einer anderen Perspektive betrachtet. Für ihn steht alles auf dem Kopf, nichts ist normal oder so, wie es eigentlich sein sollte.

Und doch ist der Gehängte, dessen Beine im Himmel sind, weil seine Position am Baum fest verankert ist, nicht abgehoben oder gar überheblich. Er sieht die Dinge eben nur etwas anders, er wundert sich über das, was es alles gibt, und das, was es alles nicht gibt.

Es führt für mich ein Weg vom Gehängten über den Eremiten, den einsamen Leuchter in finsterer Nacht, zum Magier, sagt Jakob. Und mich würde sehr interessieren, wo bin ich gerade auf diesem Weg?

Der alte Jakob

Jakob hatte einen Traum:

Er erwachte von seinem langen Traum und stand schlaftrunken auf. Weißliche Nebelschwaden schlugen ihm entgegen, als er jetzt neugierig auf den Eingang der großen Höhle zu schritt; lange Gänge erwarteten ihn mit gespenstischem Dämmerlicht. Danach betrat er plötzlich eine geräumige Halle. Etliche Frauen mit langen Röcken und mittelalterlich spitzen Hüten spazierten in Gespräche vertieft auf sauber angelegten Wegen umher, zwischen denen sich rechteckige Flächen grünen Zierrasens befanden. Ein Flüsschen lief leise murmelnd durch die Wiesen und wurde von einer weiß angestrichenen Holzbrücke überdacht. In der Nähe summten Spinnräder, und schöne Harfenmelodien erklangen wie von Geisterhand. Jakob sah nach oben, um die Quelle des strahlenden Lichtes auszumachen, das hier herrschte, doch dann hatte er die Halle schon durchmessen und betrat einen dunklen Ausgang. In einer Nische im Gang sah er jetzt im Halblicht ein Liebespaar auf den Knien. Der Mann hatte die entblößten Brüste seiner Partnerin von hinten umfasst, während sie sich stöhnend und mit ekstatischem Blick auf seinem Schoß hin und her bewegte. Als sie Jakob erblickte, lachte sie ein schamloses Lachen und streckte die Hände nach ihm aus, doch er war bereits an ihnen vorbei.

Im nächsten Saal musste Jakob an dem Thron eines römischen Kaisers vorüber gehen, Jesus Christus stand davor und wurde gerade dazu verurteilt, nackt durch das brennende Rom zu laufen. Dann verließ der Kaiser den Thron und machte bereitwillig Platz für Friedrich Barbarossa, der sich gähnend seinen roten Bart rieb und an seinem Hosenlatz herum fummelte. Er sah Jakob in der Menge und warf ihm freudig eine Kusshand zu, doch der war zum Glück schon weiter. Im nächsten Raum saßen angezogene Männer auf nackten Frauen und Frauen in schwarzen Anzügen auf nackten Männern; sie rauchten Zigarillos und rammten ihren Trägern und Trägerinnen unentwegt ihre metallenen Sporen ins nackte Fleisch. Die Hinterbacken der sklavischen Bediensteten waren mit Hakenkreuzen und Hämmern mit Sicheln bemalt, Jakob wendete sich angewidert ab. Doch da zog ihn schon eine schöne Dame in luftigen Kleidern in den nächsten Saal, er trat an sie heran und strich zärtlich über ihre langen Locken. Als er sie gerade küssen wollte, bemerkte er plötzlich, dass sie vor einem rasenden Fluss in freier Natur standen. Die Schöne schubste Jakob mit der Hand, und er fiel erschreckt ins kühle Nass. Er schwamm ein paar kräftige Stöße gegen den Strom und wurde dann zu einem Karpfen. Als er daraufhin von der Frau in einem Köcher gefangen wurde, verwandelte er sich in einen Wassertropfen und zerrann ihr zwischen den schmalen Fingern. Die Sonne brannte auf ihn nieder und erhitzte ihn zu Wasserdampf; der stieg auf und verließ die Schöne, die ihm lächelnd hinterher winkte. Er stieg und stieg, bis der kalte Sturm in der Höhe ihm schließlich das Frösteln beibrachte. Da fiel er wieder, verdichtete sich zum Tropfen, genau vor dem Eingang der Höhle plumpste er ins Gras nieder und verwandelte sich zurück in einen Menschen. Ein alter Mann kam gebückt vorbei gehumpelt, er sah Jakob am Boden liegen und sagte zu ihm: "Geh lieber nicht hinein in die Höhle!"

"Nein, Väterchen, aber ich war auch schon drinnen."

Der Alte schüttelte den Kopf und ging unverständliche Worte brummend auf seinen Stock gebückt davon. Erst jetzt bemerkte Jakob verwundert, dass er selber zu dem Alten geworden war. Der alte Mann jedoch hatte sich in den Stock verwandelt, mit dem Jakob jetzt laufen musste, vielleicht sogar bis ans Ende der Welt. Aber dann lachte er auf einmal und warf seinen Stock hoch über sich in die Luft - da flog dieser als eine weiße Seemöwe davon und kreischte noch laut in den Wind: "Danke, Jakob! Danke!"

Jakob der Alte aber ging weiter entlang einer großen Düne, vom unablässigen Rauschen des nahen Meeres begleitet, und fragte sich dabei, wie sein ganzes Leben denn so schnell wie ein Traum verlaufen sein konnte. Oder schlief er etwa noch immer und hatte die seltsame Höhle in Wahrheit gar nicht betreten? Und er gestand sich unterwegs ein, dass er diese schwierige Frage nicht endgültig entscheiden konnte.

Jakob ist Rheinländer. Das heißt, in Angelegenheiten der Politik hält er viel von der rheinischen Lösung. Die rheinische Lösung ist: es wird so lange geklüngelt, bis alle etwas bekommen und alle zufrieden sind.

Jakob sagt im Brustton der Überzeugung: "Ich wohne im Reich der Mitte."

***

Weiberfastnacht ist Jakob in die Stadt gegangen. Der eine Freund, mit dem er sich getroffen hat, ist zum Feiern abgezogen, der andere wollte nach Hause und hat sich bald auch dorthin begeben. Jakob ging in die erste Kneipe, dann in die zweite Kneipe, danach in das Bürgerhaus und schließlich in die dritte Kneipe, wo er seine Frau zu finden hoffte und Eintritt bezahlen musste. Seine Frau hat er nicht getroffen, dafür aber zwei Leute, mit denen er wahrscheinlich nie geredet hätte, wenn nicht zufällig Karneval gewesen wäre. Schließlich ging er zurück ins Bürgerhaus und ist dann auf einem der hinteren Sitze eine Zeitlang eingeschlafen.

Auf dem Rückweg kam Jakob an einem Krankenhaus vorbei. "Hier sterben Leute", dachte er bei sich, "das ist wohl nicht so lustig."

***

Jakob hört im Autoradio Werbung. Er fragt sich danach allen Ernstes, in welcher Welt er denn überhaupt lebt. Unsere Wirklichkeit wird doch ständig manipuliert durch die Massenmedien, was ist überhaupt noch wahr und wie kann man das überprüfen?

***

Was die Errungenschaften der neuen Zeit angeht, meint Jakob, so sind zuerst einmal die Fortschritte in den Kommunikationswissenschaften zu nennen: Internet und Intranet, bewegliche Netze durch Handys etc.. Dabei hat sich das Wesen der Kommunikation durchaus nicht verbessert, eher verschlechtert, was die Form (Rechtschreibung, Grammatik) und die Inhalte angeht. Was da so manchmal an Whaps, oder wie die Dinger sonst noch heißen, durch den Äther gejagt wird...

***

Jakob glaubt, dass das eigene Ich immer noch das Zentrum des Universums ist. Dem stehen natürlich entgegen die Tatsache der biologischen Evolution über Jahrtausende hinweg und das momentane gesellschaftliche Umfeld, das prägt, einschränkt und die persönliche Entfaltung verhindert. Trotzdem gibt es neben all den sogenannten objektiven Kriterien, die das Wissen über unsere

Welt beinhalten, immer auch noch den subjektiven Blick, ohne den diese Kriterien gar nicht an das Ich heran geführt werden könnten. Und diese subjektive Wahrnehmung, die erst aufhört, wenn ich aufhöre, ein Individuum zu sein, die mein ganz privater Kosmos ist, die kann mir niemand nehmen, meint Jakob.

***

Gerade kommt Jakob von der Beerdigung eines alten Freundes zurück. Er sagt zu seiner Frau: "So möchte ich nicht begraben werden, mit Pfarrer, Sarg und dem ganzen Brimborium. Lass uns lieber etwas unternehmen, damit uns das nicht passiert!"

***

Seit einigen Tagen spürt Jakob eine leichte Beklemmung in der Herzgegend. Er ist sich im klaren darüber, dass das eher stressbedingte Symptome sind. Seine Frau meint, er müsse einfach mal eine Woche ausspannen. Jakob meint, er werde am Freitagvormittag ausspannen. Am Montag wundert er sich darüber, dass seine Schmerzen immer noch nicht weg sind.

***

Gestern war Jakob mit seiner Tochter im Planetarium. Er hat dort erfahren, dass der Durchmesser der Milchstraße (auf englisch "the milky way", der Ausdruck gefällt ihm viel besser als der deutsche) etwa 100.000 Lichtjahre beträgt. Und dass die Sonne ca. 200 Millionen Jahre braucht, um sich einmal um das Zentrum der Milchstraße zu drehen.
Jakob hat also viel Zeit angesichts solch ehrfurchtgebietender Dimensionen.

Jakob denkt sich eine Geschichte aus:

Drei etwas absonderliche Gestalten sitzen am Strand eines großen Meeres und reden. Die erste sagt: "Ich nehme an, dass wir bald sterben werden hier auf unserem sonnenzugewandten Nachbarplaneten, so verstrahlt und ohne jede Möglichkeit zur Rückkehr nach Hause."

Die zweite nickt und fragt: "Möchte einer von euch vorher noch den Inhalt der allerletzten Dose Algensuppe zu sich nehmen?"

"Schütt sie aus!" antwortet die dritte. "Vielleicht wird aus der Suppe ja etwas, wenn wir nicht mehr da sind. Vielleicht entsteht dann ein bisschen Leben auf diesem kargen Planeten."

"Wie du meinst." sagt die zweite und öffnet den Verschluss der Dose. Dann wirft sie diese mit einem kräftigen Schwung weit in die Brandung...

So geschehen vor etwa drei Milliarden Jahren auf dem Planeten Erde.

ENDE

Inhalt: